Fernanda de Oliveira

TERRA DA DIFICULIDADE

Trilha
EDUCACIONAL

Ilustrações **Caetano Cury**

Terra da Dificulidade
Copyright © 2019 - Fernanda de Oliveira
Direitos de impressão e edição - Trilha Educacional Editora

Autora - Fernanda de Oliveira
Ilustrado por - Caetano Cury
Diagramador - Raphael Lalli
Revisora: Maria Clara Arreguy Maia
Editor - Luis Antonio Torelli

Dados Internacionais de Catalogação na Publicação (CIP)
(Câmara Brasileira do Livro, SP, Brasil)

Oliveira, Fernanda de
   Terra da dificulidade / Fernanda de Oliveira ;
ilustrado por Caetano Cury. -- 1. ed. -- São Paulo :
Trilha Educacional, 2019.

   ISBN 978-85-64984-09-7

   1. Literatura infantojuvenil I. Cury, Caetano.
II. Título.

19-26032   CDD-028.5

Índices para catálogo sistemático:

   1. Literatura infantil   028.5
   2. Literatura infantojuvenil   028.5

Iolanda Rodrigues Biode - Bibliotecária - CRB-8/10014

Todos os direitos reservados. Nenhuma parte desta obra
poderá ser reproduzida por fotocópia, microfilme, processo
foto mecânico ou eletrônico sem premissão expressa do autor.

Impresso no Brasil

Trilha Educacional Editora
Rua Pires da Mota, 265 - Aclimação
01529-001 São Paulo/SP - Brasil
Fone: 55 (11) 3209 7595
contato@trilhaeducacional.com.br

Terra da Dificulidade

POR

FERNANDA DE OLIVEIRA

Ilustrado por

CAETANO CURY

1ª Edição
Trilha Educacional Editora
São Paulo - 2019

Dedico ao Noah e à
Catarina, minhas
"dificulidades" preferidas!

Tenho pra contar um caso curioso que me ocorreu num tempo já remoto.

Vinha eu numa manhã de verão escaldante em que o sol emergia quente, quente.

Ansioso por chegar à beira do rio, apressava meus passos em galopes pela poeira. Com astúcia, peguei uma trilha no matagal.

Meu lema era facilitar!

Se fazia calor, eu pescava...

Se ficava longe, eu atalhava...

Se amargava, eu adoçava...

Quando estava a um segundo de espreitar os peixes e jogar o anzol já ao pé do rio... a água balançou em círculos, atrapalhando todo meu custoso e proposital silêncio.

As ondas aumentavam à medida que eu suspendia o olhar para ver o dono da proeza intrusa.

– Quem desperta meus peixes? – dizia minha respiração ainda presa a procurar.

E vi que chegava, não tão longe, uma barca esquisita por seu formato, um grande caixote, onde empoleiravam-se três sujeitos mais estranhos que o costume por ali.

Barco não era!

Moços da cidade? Também não.

Me exprimo resumidamente como menino de roça bem-criado, legítimo como sou:

– Bão?

– Bom, não! Talvez! – o maior deles me respondeu em tom neutro, quase previsível pela sua cara de paisagem.

– Nunca vi alguém rejeitar um bão! – retruquei na lata, com afoita coragem, nadinha habitual, mas é que fiquei encasquetado com a retruca do moço.

– Temos sempre que ter precaução até no cumprimento, meu amigo! Há uma real possibilidade de o dia não ser tão bom; isso nos daria falsas expectativas! – os outros dois tripulantes concordaram com tamanha convicção com movimentos de cabeça, que o protótipo de barco chegou a se sacudir todo. Carregavam remos, no momento, suspensos.

Da minha parte, voltei a atenção para os peixes – aquilo tudo era muita filosofia para uma só cortesia. Ainda mais num dia ardente daqueles!

O tal não se deu por satisfeito com meu gesto de conversa já finda e voltou a falar:

– O que estás a fazer?

Não tinha entendido o porquê da pergunta, já que obviamente eu estava aparelhado com anzol, vara em riste e chapéu (faltaram-me só minhocas e iscas à mostra). Diante disso, devolvi a resposta na mesma entonação:

– Pescando...

Mas ele, mesmo assim, não tirou a indagação do rosto:

– Peixe? Com um pedaço de madeira? Estás louco?

– Nunca viu uma vara de pescar? De onde você caiu, meu senhor?

O trio me surpreendeu em uníssono, com orgulho inchado ao responder:

– Da Terra da Dificulidade!

– Que diacho de lugar é esse? – não sou bom em geografia, mas dessas bandas e proximidades entendo bem! Ainda apertei os olhos em interrogativa aguda:

– Dificuli... o quê?

– Não conheces? Oh! Melhor lugar não há! Estamos voltando para lá agora! E na nossa embarcação cabe mais um, dou-te a passagem outorgada, se nos mostrar como funciona essa engenhoca que apelidas de vara de pescar!

Meu mal é ser curioso, sei disso desde mais moleque ainda; é só duvidar ou me atiçar, que já me faço pronto. Quando dei por mim, estava sentado em meio àquelas figuras que mal conhecia, carregado com minha caçarola e os apetrechos de roça.

Estava ansioso de início...

No caminho, meu chapéu mal ventava, além do que a natureza não ajudava com um pingo sequer de ar bulido – a tal "canoa" só podia estar furada, tal qual aquela viagem. Era melhor ir a pé, seria mais ligeiro! A água do rio batia contra a madeira reta da proa, o esforço dos remos repercutia no suor transfigurado dos moços, que transbordavam mais em água que o próprio rio. Olhava a cena como quem vê três patetas inúteis. Eu, com a minha destreza de nona série bem concluída – sim, apesar de ser da roça, matuto de nascença, era um leitor voraz de enciclopédia e de todo tipo de história mais antiga, sendo dois em um – já havia entendido que, se afinassem as extremidades daquele barco e ritmassem os movimentos dos remos, chegaríamos muitíssimo mais rápido.

Era só observar a anatomia do peixe nadando loguinho ali (nos ultrapassando facilmente).

Mas a carona dada não se olham nem os remos, não é mesmo?! Muito menos critica-se o próprio capitão, que só sabia falar:

– Remai com força, mais força, remai! – entre um assobio e outro, em vez de ajudar. Sem contar que ele era grande como um pilão, tombando ligeiramente o barco para a frente, com a força de atrito e pança.

Depois de duas horas e meia ou seis horas corridas, calculadas pelo sol em seu ponto mais alto ou pela minha paciência já fatigada... não sei como, não me pergunte onde, tínhamos chegado.

– Terra à vista! Mas, para ser mais preciso, não tão à vista assim, pois a neblina está turvando quarenta por cento da nossa visão neste momento! – esgoelou o minucioso e preciso chefe aos ouvidos de todas as criaturas que antes estavam embriagadas pelo marasmo da viagem.

Interessante como somos pegos de surpresa por pensamentos quando testados (com afinco)! Estava eu ali estático, já aportado, tonto, na dúvida cruel se realmente era a pessoa mais inteligente da redondeza ou se me faltava compaixão, mesmo, pois todas as críticas possíveis inundavam minha cabeça ao avistar a cidade. Fiquei paralisado pelos tamanhos absurdos já na entrada. Não vou negar que a vista, sentado dali, era bonita, de um horizonte cinza, de um povo meio atordoado.

Seu nome agora me soava certeiro e patente: "Terra da Dificuldade". E trazia essas letras escancaradas fincadas ao chão por cimento, grandes, mas colocadas ao contrário de quem chegasse (nada funcional para visitantes como eu). Para ler, teríamos que dar uma volta nas palavras ou as sombras das letras embaralhar.

O capitão lançou a âncora; ela não afundou! Apesar do espanto do próprio comandante, percebi nitidamente que era feita de cortiça e que poderia boiar até em areia movediça. Eu não entendi a serventia da tal boia. Eu o vi amarrá-la a um pedaço de chumbo para mantê-la atada ao deque. Balancei a cabeça como se já previsse tal prolixidade.

Quem nos recepcionou foi uma menina que vinha montada em uma "bicicleta", se é que podemos chamar aquilo de bicicleta, pois a roda da engenhoca não tinha nada de redonda, era quadradinha como uma janela. Então ela precisava de estacas que se fincavam ao chão para empurrar a "roda" ao andar. Pouco operacional, não? Ou seria implicância minha? Jurei para mim mesmo tentar ser menos crítico.

Por falar em janela, acionei minha bisbilhotice e rapidamente espichei os olhos para alguma construção em terra firme. Não achei nenhuma abertura que se assemelhasse àquela comum emoldurada por cortinas. As casas daquele lugar realmente eram bem estranhas.

Já esperto no suposto dialeto daquela terra, e para não causar mais rebuliço, saudei a menina, que usava um vestido completamente engomado:

– Talvez?

– Talvez! – ela me saudou gentilmente. E com uma cordialidade exuberante, se estendeu em um cumprimento demorado. Assisti de camarote aos marujos responderem com a mesma destreza dançante, quase decorei: um sorriso, quatro apertos de mão, uma voltinha e duas reverências... E entre um e outro, alguns estalares de dedos.

Pela afeição demonstrada, dava nitidamente para perceber que o capitão era pai da menina! E, claro, a saudação entre eles foi mais elaborada ainda!

Todos se entretiveram, logo depois, contando sobre a viagem, desde o embarque até o momento presente, nos *míííííínimos* detalhes. E, como se não bastasse, num português quase arcaico e redundante. Atropelei com um susto todas aquelas palavras que estavam sendo desenhadas pelo ar em caligrafia de convite de casamento (aff!) e comecei:

– Muito prazer, menina! Já sei que se chama Pitanga de Jacarandá com Cheiro de Laranjeira de Oliveira, pelo completo bate-papo que meu ouvido acabou de engolir goela abaixo! Da minha parte, me chamo Donaldo, pois meu pai tinha paixão pelo Pato Donald. Tenho treze anos, sou do interior, filho de Jacinto e Jaculinda, meu sonho é ser astronauta e ver a Terra de longe e... por acaso, ainda estamos nela? E preciso saber, por favor: sua casa teria janelas?

De onde saiu tamanha falação explosiva? Não sei! E por que resumi minha vida inteira num só golpe para a menina? Ainda mais com rimas bobas? Parecia que a pieguice e o rebuscamento

eram contagiantes por ali! Poderia ter sido também o medo de deixar escapulir alguma brecha para perguntas e novos relatos intermináveis... Ou, ainda, por causa de seus olhos tão misteriosamente brilhantes. Seu pai nos ajudou, interrompendo:

– Pois bem, antes de saber sobre as janelas ou portas de meu Digníssimo e Frondoso Lar Doce Lar, que minha filha pode até te mostrar, terás que cumprir a troca prometida! O que seria tua pesca "Menino Magro Donaldo da Margem Barrenta"?

Pode acreditar: a todo momento que o capitão se referia à sua casa, tornava a repetir aqueles mesmos predicados e eu, ao mesmo tempo, voltava a agradecer em silêncio por ter nascido num lugar em que "casa" era só "casa", mesmo. E você ouviu, né? "Menino Magro Donaldo da Margem Barrenta"! Por mais que eu explicasse que era só Donaldo, não adiantava! Eles haviam complicado até meu nome! E de uma forma ou outra estava eu ali, para honrar o tal novo codinome e disposto a provar que era um homem de palavra (e essa em específico, pesca, era meu talento, modéstia à parte).

Então, contei desde a preparação da isca até a fisgada do peixe, com ar astuto de professor. Ainda complementei com firulas. E quando dividi em subpontos? Aplaudiram!!! "Seis passos para uma pesca de sucesso." É, pareciam entender melhor quando eu complicava mais as lições! Ouviam boquiabertos, como se descobrissem a Lua ou o próprio umbigo.

Espiei Pitanga. Ela me olhava desconfiada, fazendo uma boca torta que eu não conseguia decifrar. Era o único momento em que me desconcentrava naquele explanar todo. E pensei simultaneamente a tudo que se referia à pesca: "Essa menina tem cara de ser bem tradicional, aquele tipo que não gosta de nada que pareça novidade, como por exemplo meu jeito de pescar! Mas, como me conheço, sei que isso atiça meu senso de competição e minha curiosidade". E assim me exibia mais ainda.

Mas, dessa vez, foi ela que me cortou com a mesma tesoura que outrora usei, só que mais afiada:

– Não estavas a te coçar para conhecer nossas casas? Te convido para vê-las agora, se parares com esse discurso de pescaria que atropela e não se adapta nada ao nosso processo, que passa muito bem, obrigado! Levamos dias para enganar um peixe com cenário falso, pescadores disfarçados de algas... até ele entrar na nossa arapuca. Com tua vara de pescar, uma só pessoa poderia capturar mais de dois peixes por dia, isso não está certo.

– E qual a desvantagem disso? Quanto mais peixe na balança, mais na pança! – falei com um riso matreiro.

– Quanto menos facilidade e mordomia, mais garantida a vida fica! E não se fala mais nisso, forasteiro!

Ela agora carregava um ar nada amigável, contrário às cortesias e falas antes declamadas. Estava firme em suas convicções, uma idealista um tanto destemida. O jeito como mexia as mãos com indignação era no mínimo hipnotizante. E essa impressão de altivez, que no fundo era um tanto quanto meiga, é que me impregnou. Descartei suas palavras, nem tão rudes assim, e pedi com facilidade e sorriso:

– Vamos às janelas?

Ela retrucou com aquela mesma boca se fazendo de torta e, num balanço de corpo e de vestido, nos direcionou para sua casa (que devia ser mais torta ainda). Os marujos, inclusive seu pai, o capitão, ficaram a fuçar absortos as ferraduras, os estilingues e um triângulo, que antes carregava em minha matula. Mas só pra pirraçar Pitanga, gritei por cima do ombro aos meus aprendizes distraídos:

– Não percam as próximas aulas, hein: "As mil e uma serventias de um canivete bom por garantia" e "Aprenda em um só dia tudo sobre a viola caipira"! - ela fingiu ignorar.

Eu a segui uns trezentos metros: atravessamos o deque, passamos pela palavra cravada, demos a volta na praça... cruzamos uma travessa, viramos à direita, à esquerda e chegamos à sua casa. Ah, como podia prever, avizinhava-se ao já bem conhecido deque. Eu, crítico por nascença, e por nascença também indignado, não deixava nada pra trás:

– Me explique essa volta que demos, menina! Chegaríamos nela numa reta só. Sabe, por acaso, o que seriam as palavrinhas nada ofegantes: "cortar caminho", hein? Hein?

– Tu sabes fazer pirraça, não é mesmo? Pois bem, eu também!

Fizera de propósito, a danada! Falara com sorriso derretido, meio maroto, mas agora já bem aberto. E ponderei, cauteloso: "Espertinha, é das minhas!".

Se você partir da suposição de que esse "minhas" saiu de algum conjunto de "várias", consegui lhe passar direitinho uma fachada fajuta de galanteador experiente, porque, na verdade, na minha vida vivida até a época, posso dizer com certeza casta que ela era a única. Fora meu primeiro despertar para o quesito "menina". No que se tratava de pescaria de vida real, eu ali estreava como peixe, com anzol na boca e tudo. E dessa vez, fisgado, peguei seu sorriso torto emprestado.

Voltando à casa...

Você pode imaginar a estranheza da imensa mansão cheia de cata-ventos no telhado. Comecemos pela porta: que não, não ficava na parede da frente, mas sim cravada ao chão, escondida na grama,

bem perto, como se fosse um alçapão. Dificílima de abrir pelo seu peso e falta de jeito e, para completar, abaixo dela, dava-se de cara com uma escada. Descemos. Logo mais, tivemos que subir. E não é que depois desse zigue-zague subterrâneo aparecemos dentro e no meio da sala?! Dessa vez tive preguiça de perguntar e julguei que era por excesso de zelo ou segurança. Mas também havia tantas coisas mais interessantes para vasculhar lá dentro...

    Por exemplo, as janelas se encontravam no teto. Para abri-las, precisavam de escadas (e para fechá-las também, é claro). O assoalho era completamente inclinado, até eu tive dificuldade em me equilibrar. Imagina os bibelôs e pratarias em cima das estantes (ainda bem que eram fixados com cola ou pregos em seus lugares permanentes, inclusive pratos em mesa posta).

E não mais para meu espanto, o corredor para os quartos, explicitamente, chamava-se labirinto. Já dá para prever a "agilidade" em achar os aposentos por ali, além dos bem excêntricos que brotavam depois de alamedas de teto baixo, onde tínhamos que passar engatinhando. Investiguei apenas a título de teste:

– Imagine que está indo para a escola e percebe que esqueceu de calçar, por exemplo, o pé direito de seu tênis. Certeza de que preferiria ir assim do que ter que voltar ao seu quarto para procurar o outro pé. Pode falar a verdade, Pitanga!

– Escola??? – fez jeito de que nunca havia ouvido falar de nada parecido. – Brincadeirinha! Ah, ah, ah! Precisavas ter te visto agora! A última coisa que usamos é tênis para ir à escola, vamos com roupa social, quiçá de gala, e é Napoleão Júlio César de Maximiliano Calígula Nero o incumbido de achar qualquer sapato pela casa!

Entendi que o tal Napoleão seria um cachorro quando ele chegou todo serelepe ao ouvir seu nome, lambendo e cheirando meu pé (parecia ser perito em chulé).

Tudo por ali era pitoresco. Entretanto, nada mais chamativo que acompanhar Pitanga. Ela apontou com os dedos curtos e redondinhos para os sofás nada confortáveis (que pareciam feitos por quebra-cabeça de mil peças) e mostrou também os quadros tortos distribuídos no meio dos cômodos por cordões invisíveis que os ligavam ao teto (tínhamos que desviar deles a todo momento).

Ela sabia que eu estava achando tudo aquilo esdrúxulo demais, pela minha cara de bobo ou de desaprovação, mas isso era bom, porque assim conseguia disfarçar bem meu ar também de admiração por ela.

Como boa anfitriã, já que beirávamos a copa e a cozinha, me ofereceu:

– Aceitas uma xícara de chá e um bolo de Cenoura e Baunilha com Gotas de Lichia e Amêndoas na Cobertura Servido Quente? – lógico que esse era o nome do bolo. Disposto a aceitar tudo que ela viesse a me oferecer, recebi o confeito de bom grado e deixei para ela me impressionar quanto ao chá, apesar de gostar apenas de hortelã (já me cansaria na escolha em meio a milhares de sabores que ela deveria ter).

Pitanga também era graciosa na cozinha, com destreza cortava o enfeitadíssimo bolo (por se tratar de uma receita casual), com uma faca específica. Demorou para achar a tal faca, porque não havia método nenhum ao guardar quaisquer objetos, não só ali, mas na casa inteira (isso explicava a gaveta de canetas e meias embaixo da pia). Falei ao provar o bolo:

– Que fartura, Pitanga, parece ter cem sabores a cada garfada! Hum!! E meu chá, então? Um arco-íris, cada gole uma cor. Não posso negar que vocês, desta terra, no mínimo me empolgam. O que para você não passa de rotina, para mim... feriado. E divertidíssimo! Como um parque de diversões, mesmo. He, he, he!

– Quanta gentileza inesperada, desconhecia tua aptidão para elogios! Antes tão esnobe com teus costumes futuristas... Bom, se chegaste a comparar meu dia a dia a um parque, vais entusiasmar- te ao ver nosso verdadeiro Parque de Dificulisão. E o nosso circo, então? É esplêndido!

Para quem estava matutando, louco para incutir qualquer assunto sobre pretendentes de Pitanga, lazarentos concorrentes... essa era a deixa! Mas meu nervosismo, junto com a total falta de traquejo, me deu uma rasteira. E me saí afoito assim, "gaguejantemente" iniciante:

– Circo!? Olha! Interessante, adoro circo! Está na temporada? Você já foi com alguém? No caso, sei lá, um garoto! Qualquer garoto da nossa idade! Caso contrário, será, quem sabe, assim, se quiser, facilmente, eu poderia te levar lá qualquer dia desses?

Minha timidez foi tamanha que escancarou a intenção da pergunta. E ainda mais quando arrematei, convidando-a. Meu Deus, que burro! Soou com o mesmo peso daquele convite enfeitado de parágrafos atrás, para quem tem seus treze anos de idade.

Ela era sempre cheia de si, mas no afã de responder positivamente, sem querer, deixou escapulir uma felicidade com o meu chamado. Meio lépida, marcou horário e dia: seria naquela noite, no circo, esquina onde o sol se põe.

Ufa! Meu coração, naquele instante, saltou aliviado:

– Adoraria! – com essa voz, desse jeito, meio bobo, sabe? Depois disfarçamos juntos, passando para o próximo assunto ou afazer.

A lavação da louça era um espetáculo à parte! Os utensílios se mantinham eternamente dispostos e pregados à mesa, como manda a etiqueta. Talheres, como precisavam de maior mobilidade, eram presos por correntinhas de prata que iam e voltavam (como as canetas aos balcões dos caixas de bancos).

Chuá!!!! Ela jogava água na mesa inteira e respingava em tudo que há. A mangueira ficava presa por ganchinhos no teto, e ela, para me irritar, disse:

– Viste que prático pra lavar? É só puxar. – riu, enquanto fechava o torrencial desperdício de água.

Estávamos encharcados, o que parecia corriqueiro para Pitanga no que se trata de lanche da tarde. Assim, de repente, ela pegou minha mão e me levou, numa carreira só, até um tubo largo. Entramos nele com o mesmo impulso. Foi bem radical e emocionante ao descermos, deu até frio na barriga.

Definitivamente era a primeira vez que precisava escorregar num tobogã para chegar a um jardim. Será que pelo menos ele seria normal? Natural, pelo menos, era. Havia um exemplar de cada hortaliça ou planta. Quando digo um exemplar, é um mesmo: uma alface, uma couve, uma cenoura, uma abobrinha, uma pimenta dedo-de-moça e um graveto de lavanda. O local era ridiculamente minúsculo. Tinha a parte da lama, também. Era uma amostra de pântano enfeitada com uma solitária vitória-régia. Agora me ajuda: para quê? Por que alguém manteria um pântano em casa? Soltei a cabeça para baixo, balancei-a de lá pra cá! E no mesmo embalo, pra direita, Pitanga me jogou no barro!

Splash!

Já a perdoei no ato quando ela também se espatifou por lá. Minha cara toda lambuzada de lama estampava uma interrogação gigante, junto com as mãos espalmadas para o céu:

– Por que isso, Pitanga? Está maluca?

E você acha que ela me olhou um momento sequer para analisar minha reação? Não!

– Não podemos nos secar sem antes nos lavar, e não podemos nos lavar sem antes estar muito sujos! Essa é a lógica, essa é a única ordem! Sujou, lavou e secou!

Minha vontade era de gritar: "Lógica? Você disse LÓGICA?". Mas perdi o berro e o fio da meada por aí ao me distrair com sua voz. Um perfeito bocó. Então joguei nela uma bola de lama e me entreguei à lambança. Levei uma bolada bem na orelha e no cotovelo ao me proteger de outra. Gargalhei até.

Tomar banho? Já te conto! Entramos cada um numa sala branca onde todos os poros da parede pingavam água e bem depois ventavam forte. Para arrematar, espalhavam um perfume no ar. Não reclamarei da demora daquela ducha conta-gotas, pois estava grato por não ter aparecido de supetão nenhuma roldana girante, já que, para me sentir dentro de uma máquina de lavar roupas gigante, era um pulo.

Secos, cheirosos e revigorados, saímos à rua. Ela queria me mostrar a biblioteca, seu lugar predileto da cidade. No caminho, pela primeira vez pude observar os transeuntes e tudo que rodeava o caminho. Tenho que listar no mínimo dez curiosidades. Preciso lhe contar:

1 – O paletó dos senhores fechava nas costas, então sempre precisavam de uma segunda pessoa para abotoá-los e, claro, para desabotoá-los.

2 – Andavam de lado quando a intenção era avisar a todos que aquela caminhada era só para espairecer. Quem andava de costas, aí sim estava com pressa; esse era o sinal para que os outros desviassem (ninguém quer que uma pessoa chegue atrasada, não é mesmo?).

3 – Para quem andava de frente, a regra era caminhar no ritmo da música que tocava na rádio daquela rua (os alto-falantes saíam das catracas fixas no meio-fio, justamente para controlar esses "ComPassos". Se estivessem cansados, tinham que ligar para a

rádio e pedir encarecidamente que trocassem de canção, por uma lenta, no caso (principalmente se estivessem acompanhados por vovôs ou vovós).

4 – As calçadas ficavam no meio da rua e os carros margeavam as casas.

5 – O motorista se sentava no banco de trás dos veículos, por isso os passageiros, na frente, tinham que manter a cabeça abaixada ou ir instruindo o motorista: mais para a direita, freia, retorna... e assim por diante.

6 – O semáforo era uma ampulheta gigante, num processo eterno de se encher e esvaziar lentamente.

7 – Os postes de luz eram nada mais nada menos que hastes com coleções de vagalumes (disseram que era para romantizar a iluminação, pois eficiência era algo retrógrado por ali).

8 – Placas de trânsito? Infinitas e rebuscadas... que mais pareciam ilustrações de livros infantis com suas especificidades. Por exemplo: "Proibida passagem de porcos, mesmo os com coleiras"; ou "Pode estacionar, a menos que esteja vestido de verde"; "Faixa de pedestres campestres, educadores, faxineiros e empresários" – se fosse garçom ou engenheiro teria que procurar sua faixa exclusiva. Padeiro tinha livre acesso a qualquer momento, em qualquer ponto da rua (pelo visto, pão quentinho ali era prioridade).

9 – Não preciso nem explicar sobre os viadutos, que não davam em lugar nenhum. E o trânsito não mantinha uma lógica, preferências nos cruzamentos eram resolvidas com "pedra, papel e tesoura" ou o clássico "cara ou coroa".

10 – Esgoto e água encanada eram aéreos, tomando lugar do que seriam os nossos postes e fiação elétrica. E quando chovia? O escoamento de água pelos bueiros lá de cima era outra novela à parte, engrenado com roldanas e moinhos enormes e estorvantes.

Depois de atravessarmos esse trânsito vagaroso e louco, chegamos à biblioteca.

Era linda, admito! Esplêndida e em pares! Cada prédio tinha suas cópias perfeitas em estrutura e conteúdo, diferenciadas entre si apenas pelo tamanho dos livros imensos ou pequenos, e pelas letras correspondentes (específicas para cada grau de astigmatismo e miopia). Cogitei citar, por alto, uma invenção simples, chamada óculos. Um objeto pequeno que resumiria a biblioteca a um prédio só. Meu Deus! Mas ela estava tão entusiasmada em mostrar as grandezas, as eficiências e os setores editoriais... Já havia desistido de mencionar a luneta, o binóculo, muito menos o microscópio, quando comentou sobre os cativeiros de bactérias monstruosas e vírus gigantes a serviço da ciência e pesquisa detalhada sobre vacinas.

– Esta é a ala dos livros com "finais apenas felizes". Já nestas prateleiras podemos encontrar "páginas sem o perigo de aparecer ilustração de baleias, para quem tem fobia".

Andamos mais um pouco, enquanto ela explicava:

– Aqui é sobre "arqueologia, maternidade e suas combinações". Ali atrás, "contos de faltas", e próximo é o setor de "contos de latas e outros recicláveis". Acolá, "livros com personagens corruptos" e o que há de melhor em "revistas em quadrinhos".

Interessei-me por essa ala até que entendi que não se tratava de gibis, mas de minirrevistas quadradinhas, mesmo, que serviam para abanar leitores calorentos.

O ânimo de Pitanga em relação a tudo aquilo me contagiava. Sabe, na roça, sobra muito tempo para ler; lá o minuto anda mais manso, as narrativas rendem por si só. Poderia dizer que também era um amante de histórias, leituras, só não tinha declarado assim, em tom dito, para alguém sem ser eu mesmo. Então me inaugurei:

– Adoro ler que nem você!

Minha mente, traiçoeira como sempre, baixou o volume de três palavras: "ler que nem". Acho que aquele rococó todo de vida romantizada estava me contaminando (para sempre) e me boicotando com a combinação de sobra: "adoro você". Mas ela educadamente disfarçou e fingiu não ouvir, prosseguiu vaporosa por um canto mais oculto da biblioteca e continuou:

– Agora vêm as prateleiras quase desaparecidas, as minhas preferidas: "metalinguagem em letra cursiva".

Perguntei o que seria aquilo, com o dom inútil no que se refere a desconversar. Meu interesse por aquela palavra difícil, e possivelmente chata, seria puramente estratégico:

– Um livro sobre as metas de um autor?

E ela respondeu:

– Não, he he he! Metalinguagem é quando uma ferramenta usa o próprio código para explicar sobre si. Quando um livro fala sobre livro, por exemplo.

– Então essa é a parte mais narcisista das lógicas, a mais redundante! Agora entendi por que você ama os livros dessa prateleira!

Pitanga parecia não ter gostado da minha alfinetada, por mais corriqueira que tivesse sido. Mesmo guardando meu sarcasmo em seu bolso, ela não conseguia perder o charme. Foi aí que respirei e me encorajei a pedir desculpas, fazendo menção que ia chegar mais pertinho dela para uma bicotinha e... ela se esquivou, toda com medo! E eu, todo envergonhado, me mantive estátua por segundos, ainda embebido pelo que poderia ter acontecido.

Aí o susto de vergonha veio e tomou conta de meus sentidos e me irritei rápido:

– Sei lá, Pitanga... Parece que me cansei! Estou achando tudo isso uma bobeira tão grande! Tantas palavras em excesso adornadas por pensamentos falidos desde que coloquei meus pés nesta terra. Isso não está certo. Sabe?! Estou farto desta cidade, de você e de tanta esquisitice... Sei lá!

Não sei o que me deu, me subiam as maçãs do rosto e eu apertava os olhos com indignação, balançando a cabeça, atordoado.

Ela olhou para mim com cara de "você está doido?".

E eu respondi com uma mais ou menos assim: "Estou, e daí?".

Vi todos os músculos de Pitanga se avermelharem, acusando-me por ter ouvido as maiores ofensas de sua vida. Fora como um alarme estridente: "pen, pen, pen, perigo!!!!". E ela, por sinal, e com razão, sentia-se completamente traída pela coletânea de frases súbitas e ofensivas. Recebera meu ataque depois de me confiar segredos e tanta hospitalidade!

E você acha que eu me comovi? Nadinha, pelo contrário, joguei o livro de sua mão no chão, todo imaturo.

Pronto. Eu tinha endoidecido de vez!

Era só o que faltava para ela, friamente calculista, passar do ódio para o total e sórdido desprezo por mim. Ela deu um grito retraído, acompanhado de uma lágrima só, conclusiva. Pitanga saiu, me deixando apenas com duas palavras:

– Seu palerma!!!!

Esse era o seu jeito educado de me xingar. Eu a tinha ofendido e ela nem sequer perdeu a estribeira. Como podia ser tão alheia a tudo aquilo? Não estava ela também a sentir todo aquele furacão magnético no ar a nos atrair? Ao vê-la ir embora, aí que eu me transbordei em revolta. No fundo, queria que ela tivesse gritado, tivesse reagido, ficado brava, teria sido bem melhor...

Acabei fugindo também da biblioteca cuspindo fogo, marimbondo, barata e até um grilo. Fiquei duas horas ou quarenta minutos ou mil horas pelas ruas, sem norte, insultando mentalmente tudo e todos, sentindo o prazer que era alimentar aquela fera dentro de mim que me dava mais e mais razão. Queria voltar pra casa, mas não sabia como, tinha preguiça até de perguntar, tudo ali cheirava a retrocesso e a conspiração. Sabia que ninguém seguiria minha linha de raciocínio para nada. E assim me sentia melhor, hostil... Enorme. Sem querer, nesse esplendor narcisista, tropecei no meu próprio ego (ou nas minhas longas e desengonçadas pernas de adolescente) e dei de cabeça no chão. Tabefe!

Ai, minha cabeça! O tombo tinha sido feio.

E o capitão, que coincidentemente passava por ali, me socorreu. Chamou a ambulância! Que, diga-se de passagem, era completamente desnecessária! Lá fui eu para o hospital por causa de um galo na cabeça.

Fui atendido por vinte profissionais; cinco eram apenas para completar minha ficha médica. Mas ao passar por tanta

cordialidade, etapas de acolhimento, a fúria se diluiu em raiva, depois só estava zangado, mesmo, até que, enfim, arrependido.

    Chorei que nem bebê:

    – Como eu fora um burro! – repetia. Precisava ver Pitanga. Ela seria o único remédio para a dor que teimava em latejar na cabeça: a culpa! Despedi-me do capitão com um sorriso sem graça e com a convicção de ter que achá-la.

    Atravessei o portão de saída. O sol já estava se pondo, alaranjando tudo, o suficiente para clarear uma ideia também poente: o circo! Será que ela estaria lá a me esperar? Não sei. Menina tem sempre esse dom de perdoar, não é mesmo? Ou não, né? Me agarrei à mais otimista das possibilidades e comecei a correr desastrosamente, desesperadamente...

O medo de não a encontrar me batia como o vento na contramão, e lembrei daquela mesma água que batia no casco reto e inútil do barco que me levara para aquele lugar. Avistei por cima de um telhado ondulado a lona de um picadeiro bem fosforescente, espalhando ainda mais aquele laranja todo. Apressei-me.

Mais perto tive que me desviar de várias pessoas sorrindo, vindo, indo, em filas, rebuscando-se em seus hábitos e atrasos curiosos ao redor do circo. Olhava de um lado para o outro, tentando reconhecer algum cabelo, algum vestido que nem o dela. E em meio a toda aquela multidão, depois das jaulas dos macacos e camarins dos palhaços, mais para o norte, num morro em sobressalto, havia uma árvore. Embaixo? Um banco com Pitanga sentada. Não atropelei ninguém, mas quase. Aflito, corri até ela, segurando a respiração como se quisesse congelar o momento com medo que ela escapasse.

Alcancei-a e ela notou. Eu ainda ofegava, mas tentava agir com mais cautela e lógica. Rapidamente ela jogou seus joelhos na direção oposta a mim, se escondendo em suas próprias costas e cabelos.

Sentei ao seu lado. Nesse momento me armei com os versos mais piegas para a convencer que eu era o arrependimento encarnado. Declamei delicados predicados de Pitanga. Não me senti nem um pouco constrangido por me despir assim meio do avesso, bem vulnerável. E ela, com olhos de perdão, nos fez encaixar num abraço terno. O sol acabou de se pôr, levando todo o mal-entendido para longe dali.

As mãos dadas ali permaneceram. Parece que primeiro amor é assim mesmo, não é? Cheio de firulas, dificuldades e adornos... Posso dizer que era uma sensação um tanto quanto pitoresca.

Conversamos até! Sobre tudo, caminhando caminho nenhum. Falávamos de passado, presente, nada de urgente... Comemos até pipoca na praça (como quem come refeição à mesa, em prato fundo, com garfo e faca, como era fácil de se esperar em se tratando daquela terra). E entre piruás e tinidos dos talheres, já que estávamos tão cúmplices, finalmente investiguei:

– Pitanga, de onde surgiram tais costumes nesta terra?

E ela prontamente:

– Explicar a origem da dificuldade? Seria prático demais. Parte do princípio de que até nossos produtos são proibidos de vir com manual! E remédio com bula, então? Nem pensar! Entende que por estas bandas é impedido raciocinar, esse negócio de escavar demais, entender tudo, argumentar não nos cai bem!

– Se o intuito era o suspense, conseguiu seguramente! Pelo amor de Deus, diga-me!

– Posso tentar! Mas vamos manter segredo. No início éramos um tipo de condado com um hobby coletivo. Adorávamos testar nossa paciência dificultando as coisas. Começou como um despretensioso passatempo, depois nos tornamos competitivos e a moda se fez num processo sociológico que virou status. Agora é costume enraizado em qualquer atitude nossa, criação ou forma. Não que não saibamos como facilitar, só que não conseguimos mais sair desse ciclo! Na verdade, nem o percebemos mais. Costumes velhos de praticidade ficaram com as gerações passadas, totalmente obsoletos. Força e dificuldade são agora sinônimos de honra e heroísmo. Levamos isso ao pé da letra, há muito tempo; tudo que é alcançado rapidamente passou a não ser visto com bons olhos.

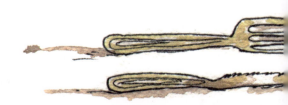

Aí pensei em tantas coisas absurdas e esdrúxulas que acontecem pelas minhas bandas e muitas vezes nem boto reparo. Por ter sido sempre assim, por ser costume em larga repetição...

Assim tudo me pareceu mais misturado e relativo.

Em meio a essa filosofia toda, ela me surpreendeu e me lascou aquele beijo! Uma bicota metalinguística elaborada, e naquele mesmo embalo confuso o peixe fisgou minha isca e levei uma chacoalhada da linha no anzol. Despertei da viagem. Assim, voltei! Não sei como, não me pergunte de onde, havia retornado para minha pesca. Ah, nem...

Foi essa a minha aventura, que me ocorreu num tempo já remoto. Uma brincadeira de espera e fértil ócio numa tarde de pescaria. De um pôr do sol reluzente, rebuscado e de muita pitanga no pé.

Ideia da autora

Meu desejo foi escrever uma história com uma temática dócil e ao mesmo tempo profunda, para ler e reler nas entrelinhas o que cada idade ou maturidade consegue desvendar. Desbravando juntos as subcamadas como quem se encoraja a descobrir aquela terra fictícia.

Muitas vezes julgamos o que é diferente, pois costumamos ser observadores. Nunca nos colocamos como protagonistas, na cadeira do réu, pois é mais cômodo detectar e se irritar com o incomum ou o que não faz parte de nós. A Terra da Dificuldade surgiu de uma reflexão sobre o distinto em todos os aspectos.

Me surpreendi com os antagonismos no decorrer da escrita, juntamente com Donaldo, desconstruindo paradigmas incrustrados em minha personalidade ou na cultura. Muitas vezes temos mania de complicar, quando tudo poderia ser mais fácil se apenas nos admirássemos.

Foi divertido brincar com a dualidade. Por exemplo com Donaldo, dois em um, tendo Pitanga como sua criação e superego. Em catarse ou sonho, ele tenta entender o próprio modo de menino da roça e ao mesmo tempo estudado, como era. Ele vivia esse dualismo, dada sua fala caipira e ao mesmo tempo erudita.

E tantas vezes somos dificuldade e facilidade para coisas diferentes...

O piegas da terra que vai tomando conta da minha escrita e do próprio personagem. Mas bobo é quem não se rebusca e não se deixa viver nas entrelinhas!

Tire uma foto com o livro e marque a
#terradadificulidade

TERRA DA DIFICULIDADE